花間集卷之三目錄

歐陽烱

和凝

花間集卷之三目錄

顧夐

孫光憲

更漏子二首

清平樂二首

毛文錫鹿虔扆韓琮閻選與此公皆蜀人事孟後主有五鬼之號皆工小詞並見花間集今集中獨遺韓琮殊不可解

花間集卷之三

唐 趙崇祚 集
明 湯顯祖 評

歐陽炯

浣溪沙

落絮殘紅半日天。玉柔花醉只思眠。惹窗映竹滿爐煙。獨掩畫屏愁不語。斜欹瑶枕髻鬟偏。此時心在阿誰邊。

其二

天碧羅衣拂地垂。美人初着更相宜。宛風如舞透香肌。獨坐含嚬笑鳳竹。園中緩步折花枝。有情無力泥人時。

其三

相見休言有淚珠。酒闌重得敘歡娛。鳳屏鴛枕宿金鋪。蘭麝細香聞喘息。綺羅纖縷見肌膚。此時還恨薄情無。

通句三字雜而不窘不全不嘔頭亦是老手

三字令

春欲盡日遲遲牡丹時羅幌卷翠簾垂彩牋書
紅粉淚兩心知　人不在燕空歸負佳期香燼
落枕函欹月分明花淡薄惹相思

南鄉子

嫩草如煙石榴花發海南天日暮江亭春影淥
鴛鴦浴水遠山長看不足

其二

短詞之難難於起得不自然結得不悠遠諸起句無一重複而結語皆有餘思允稱合作

画舸停橈槿花籬外竹橫橋水上遊人沙上女
廻顧笑指芭蕉林裏住

其三

岸遠沙平日斜歸路晚霞明孔雀自憐金翠尾
臨水認得行人驚不起

其四

洞口誰家木蘭船繫木蘭花紅袖女郎相引去
遊南浦笑倚春風相對語

其五

二八花鈿胷前如雪臉如蓮耳墜金鐶穿瑟瑟
霞衣窄笑倚江頭招遠客

其六

路入南中桄榔葉暗蓼花紅兩岸人家微雨後
收紅豆樹底纖纖擡素手

其七

袖斂鮫綃採香深洞笑相邀藤杖枝頭蘆酒滴

鋪葵蒂荳蔻花間趖晚日

其八

翡翠鵁鶄白蘋香裏小沙汀島上陰陰秋雨色
蘆花撲數隻漁船何處宿

獻衷心

見好花顏色爭笑東風雙臉上晚粧同閑小樓
深閣春景重重三五夜偏有恨月明中　情未
已信曾通滿衣猶自染檀紅恨不如雙燕飛舞

南方草木狀點以燕檀

畫家七十二色中有檀色淺赭所合婦女暈眉色似之唐人詩詞慣喜用此

甚一也

簾櫳春欲暮殘絮盡柳條空

賀明朝

憶昔花間初識面紅袖半遮粧臉輕轉石榴裙帶故將纖纖玉指偷撚雙鳳金線　碧梧桐鎖深深院誰料得兩情何日教繾綣羨春來雙燕飛到玉樓朝暮相見

其二

憶昔花間相見後只憑纖手暗抛紅豆人前不

無甚雕巧只是鋪排妥當

自無村教羞遮態

解巧傳心事別來依舊辜負春晝　碧羅衣上蹙金繡覩對鴛鴦空裛淚痕透想韶顏非久終是爲伊只恁偷瘦

江城子

晚日金陵岸草平落霞明水無情六代繁華暗逐逝波聲空有姑蘇臺上月如西子鏡照江城

鳳樓春

鳳髻綠雲叢深掩房櫳錦書通夢中相見覺來

海棠零落鶯語殘紅好景真良易過風雨憂愁春半念之使人惘然

慵勻面淚臉珠融因想玉郎何處去對淑景誰同　小樓中春思無窮倚闌顒望闇牽愁緒柳花飛起東風斜日照簾羅幌香冷粉屏空海棠零落鶯語殘紅

和凝

小重山

春入神京萬木芳禁林鶯語滑蝶飛狂曉花擎露妬啼妝紅日永風和百花香　煙瑣柳絲長御溝澄碧水轉池塘時時微雨洗風光天衢遠到處引笙簧

其二

正是神京爛熳時羣仙初折得郤詵枝烏衣白紵最相宜精神出御陌袖鞭垂　柳色展愁眉管絃分響亮探花期光陰占斷曲江池新牓上名姓徹丹墀

貧病愁人所不堪而宜於詩詞烏紗帽人所艷稱而反不宜可見富貴也有閑不美處

臨江仙

二作精工宮麗足分溫韋半席

海棠香老春江晚小樓霧縠涳濛翠鬟初出繡簾中麝煙鸞珮惹蘋風　碾玉釵搖鸂鶒戰雪肌雲鬢將融含情遙指碧波東越王臺殿蓼花紅

其二

披袍窣地紅宮錦鶯語時囀輕音碧羅冠子穩犀簪鳳皇雙颭步搖金　肌骨細勻紅玉軟臉波微送春心嬌羞不肯入鴛衾蘭膏光裏兩情深

唐韋固妻為盜刃所刺以翠鈿之女妝遂有靨飾集

菩薩蠻

越梅半折輕寒裏冰清澹薄籠藍水暖覺杏稍紅遊絲狂惹風　閑堦莎徑碧遠夢猶堪惜離恨又迎春相思難重陳

山花子

鶯錦蟬縠馥麝臍輕裾花草曉煙迷鸂鶒鬬金紅掌墜翠雲低　星靨笑偎霞臉畔蹙金開襜

中而不一而足然溫飛卿綉衫遮笑靨音葉此則音琰

襯銀泥春思半和芳草嫩綠萋萋

其二

銀字笙寒調正長水紋簟冷畫屏涼玉腕重金扼臂澹梳粧　幾度試香纖手暖一迴嘗酒絳唇光佯弄紅絲蠅拂子打檀郎

河滿子

正是破瓜年幾含情慣得人饒桃李精神鸚鵡舌可堪虛度良宵却愛藍羅裙子羨他長束纖腰

其二

寫得魚牋無限其如花鎖春暉自斷巫山雲雨空教殘夢依依却愛熏香小鴨羨他長在屏幃

一名長命女

薄命女

天欲曉宮漏穿花聲繚繞窗裏星光少冷霞寒侵帳額殘月光沉樹杪夢斷錦幃空悄悄強起愁眉小

望梅花

春艸全無消息臘雪猶餘蹤跡越嶺寒枝香自折冷豔奇芳堪惜何事壽陽無處覓吹入誰家橫笛

天仙子

柳色披衫金縷鳳纖手輕拈紅豆弄翠蛾雙臉正含情桃花洞瑶臺夢一片春愁誰與共

劉改之別妾赴試作天仙子語俗而情真世多傳之過此不免小巫

其二

洞口春紅飛蔌蔌仙子含愁眉黛綠阮郎何事不歸來懶燒金慵篆玉流水桃花空斷續

春光好

紗窻暖画屏閑嚲雲鬟睡起四肢無力半春間玉指剪裁羅勝金盤點綴酥山窺宋深心無限事小眉彎

其二

蘋葉軟杏花明画船輕雙浴鴛鴦出淥汀棹歌

二語纖定出奇

醉來句但覺其妙詩詞中此類極多如李白兩髩入秋浦等若一索解幾同說夢

聲　春水無風無浪春天半雨半晴紅粉相隨南浦晚幾含情

採桑子

蝤蠐領上訶梨子繡帶雙垂椒戶閑時競學樗蒲賭荔枝　叢頭鞋子紅編細裙窣金絲無事嚬眉春思翻教阿母疑

楊柳枝

軟碧搖煙似送人映花時把翠蛾嚬青青自是風流主慢颭金絲待洛神

其二

瑟瑟羅裙金縷腰黛眉偎破未重描醉來咬損新花子拽住仙郎盡放嬌

其三

鵲橋初就咽銀河今夜仙郎自姓和不是昔年攀桂樹豈能月裏索姮娥

漁父

虞美人草一出褒斜谷中狀如雞冠花葉相對一云雅州名山縣唱虞美人曲應拍而舞故酉陽雜俎云舞草蓋謂此

白芷汀寒立鷺鷥蘋風輕剪浪花時煙冪冪日遲遲香引芙蓉惹釣絲

顧夐

虞美人

曉鶯啼破相思夢簾捲金泥鳳宿粧猶在酒初醒翠翹慵整倚雲屏轉娉婷　香檀細畫侵桃臉羅袂輕輕斂佳期堪恨再難尋綠蕪滿院柳成陰負春心

其二

觸簾風送景陽鐘鴛被繡花重曉幃初卷冷煙濃翠勻粉黛好儀容思嬌慵　起來無語理朝粧寶匣鏡凝光綠荷相倚滿池塘露清枕簟藕花香恨悠揚

其三

翠屏閑掩垂珠箔絲雨籠池閣露粘紅藕咽清香謝娘嬌極不成狂罷朝粧　小金鸂鶒沉煙

情多為累悔之晚矣情豈有不宜多、情自然多悔

細膩枕堆雲髻淺眉微斂注檀輕舊歡時有夢魂驚悔多情

其四

碧梧桐映紗窻晚花謝鶯聲懶小屏屈曲掩青山翠幃香粉玉爐寒兩眉攢　顛狂年少輕離別辜負春時節画羅紅袂有啼痕魂銷無語倚閨門欲黃昏

其五

深閨春色勞思想恨共春無長黃鸝嬌囀詎芳妍杏枝如画倚輕烟瑣窻前　凭欄愁立雙蛾細柳影斜搖砌玉郎還是不還家教人魂夢逐楊花繞天涯

其六

少年艷質勝瓊英早晚別三清蓮冠穩篸鈿篦橫飄飄羅袖碧雲輕画難成　遲遲少轉腰身裊翠靨眉心小醮檀風急杏枝香此時恨不駕

雜出別調絕非本情令人作有韵之文全用散法而收以韵腳數語為本文張

李大都類是

凡屬河傳題高華秀美良不易得此三調真絕唱也以俟羊何張舍人孫少監之外指不三屈

鸞凰訪劉郎

河傳

燕颺晴景小窻屏暖鴛鴦交頸菱花掩却翠鬟欹慵整海棠簾外影　繡幃香斷金鸂鶒無消息心事空相憶倚東風春正濃愁紅淚痕衣上重

其二

曲檻春晚碧流紋細綠楊絲軟露花鮮杏枝繁鶯囀野蕪平似剪　直是人間到天上堪遊賞醉眼疑屏障對池塘惜韶光斷腸爲花須盡狂

其三

棹舉舟去波光渺渺不知何處岸花汀草共依依雨微鷓鴣相逐飛　天涯離恨江聲咽啼猿切此意向誰說艤欄橈獨無憀魂銷小鑪香欲焦

甘州子

刁斗句無限之思

首章與此結皆隽句也小語殊巧此其一班

一爐龍麝錦帷傍屏掩映燭熒煌禁樓刁斗喜
初長羅薦繡鴛鴦山枕上私語口脂香

其二

每逢清夜與良辰多悵望足傷神雲迷水隔意
中人寂寞繡羅茵山枕上幾點淚痕新

其三

曾如劉阮訪仙蹤深洞客此時逢綺筵散後繡
衾同款曲見韶容山枕上長是怯晨鐘

其四

露桃花裏小樓深持玉盞聽瑤琴醉歸青瑣入
鴛衾月色照衣襟山枕上翠鈿鎮眉心

其五

紅鑪深夜醉調笙敲拍處玉纖輕小屏古畫岸
低平煙月滿閑庭山枕上燈背臉波橫

玉樓春

月照玉樓春漏促颯颯風搖庭砌竹夢驚鴛被

覺來時何處管絃聲斷續　惆悵少年遊冶去枕上兩眉攢細綠曉鶯簾外語花枝背帳猶殘紅蠟燭

其二

栁映玉樓春日晚雨細風輕煙艸軟畫堂鸚鵡語雕籠金粉小屏猶未掩　香滅繡幃人寂寂倚檻無語愁思遠恨郎何處縱疎狂長使含啼眉不展

後二章調尤秀媚可人兩合之足稱全璧

其三

月皎露華窗影細風送菊香粘繡袂博山爐冷水沉微惆悵金閨終日閉　懶展羅衾垂玉筯羞對菱花篸寶髻良宵好事枉教休無計那他狂耍壻

其四

拂水雙飛去來燕曲檻小屏山六扇春愁凝思結眉心綠綺懶調紅錦薦　話別情多聲欲顫

玉筯痕留紅粉面鎮長獨立到黃昏却怕良宵頻夢見

浣溪沙

春色迷人恨正賒可堪蕩子不還家細風輕露著梨花　簾外有情雙燕颺檻前無力綠楊斜小屏狂夢極天涯

其二

舊前作天際邊枕上夢兩

紅藕香寒翠渚平月籠虛閣夜蛩清塞鴻驚夢兩牽情　寶帳玉爐殘麝冷羅衣金縷暗塵生小窻孤獨淚縱橫

牽情後作小窻溪孤獨背淚縱橫語亦簡至

其三

荷芰風輕簾幕香繡衣鸂鶒泳迴塘小屏閑掩舊瀟湘　恨入空幃鸞影獨淚凝雙臉渚蓮光薄情年少悔思量

其四

層祖嗟餘來人名什

惆悵經年別謝娘月窻花院好風光此時相望

最情傷。　青鳥不來傳錦字瑶姬何處瑣蘭房
忍教魂夢兩茫茫。

其五

庭菊飄黃玉露濃冷莎隈砌隱鳴蛩何期良夜
得相逢。　背帳風搖紅蠟滴惹香暖夢繡衾重
覺來枕上却晨鐘。

其六

雲淡風高葉亂飛小庭寒雨綠窗微深閨人靜

此公遣詞動必數章雖中間鋪叙成文不如人之句雕字琢而了無窮措大酸氣即使瑕瑜不掩自是大家

掩屏幃。　粉黛暗愁金帶枕鴛鴦空繞畫羅衣
那堪辜負不思歸。

其七

雁響遥天玉漏清小紗窗外月朧明翠幃金鴨
炷香平。　何處不歸音信斷良宵空使夢魂驚
簟涼枕冷不勝情。

其八

露白蟾明又到秋佳期幽會兩悠悠夢牽情役

填詞平仄斷句皆定數而詞人語意所到時有參差古詩亦有此法而詞中尤多即此詞中字之多少句之長短更換不一豈專恃

幾時休　記得詎人微欲黛無言斜倚小書樓暗思前事不勝愁

酒泉子

楊栁舞風輕惹春煙殘雨杏花愁鶯正語画樓東　錦屏寂寞思無窮還是不知消息鏡塵生珠淚滴損儀容

其二

羅帶縷金蘭麝煙凝魂斷画屏欹雲鬢亂恨難

任　幾廻垂淚滴鴛衾薄情何處去月臨窻花滿樹信沉沉

其三

小檻日斜風度綠窻人悄悄翠幃閑掩舞雙鸞舊香寒　別來情緒轉難判韶顏看却老依稀粉上有啼痕暗銷魂

其四

黛薄紅深約掠綠鬟雲膩小鴛鴦金翡翠稱人

歌者上下縱橫取協即以字無閑大数塑亦不可不知故為拈出

心錦鱗無處傳幽意海燕蘭堂春又去隔年書千點淚恨難任

其五

掩却菱花收拾翠鈿休上面金蟲玉燕瑣香奩恨厭厭　雲鬟半墜懶重篸淚侵山枕濕銀燈背帳夢方酣雁飛南

其六

水碧風清入檻細香紅藕膩謝娘斂翠恨無涯

小屏斜　堪憎蕩子不還家謾留羅帶結帳深枕膩炷沉煙負當年

其七

黛怨紅羞掩映画堂春欲暮殘花微雨隔青樓思悠悠　芳菲時節看將度寂寞無人還獨語画羅濡香粉污不勝愁

楊柳枝

秋夜香閨思寂寥漏迢迢鴛幃羅幌麝煙銷燭

光搖　正憶玉郎遊蕩去無尋處更聞簾外雨蕭蕭滴芭蕉

遐方怨

簾影細簟紋平象紗籠玉指縷金羅扇輕嫩紅雙臉似花明兩條眉黛遠山橫　鳳簫歌鏡塵生遼塞音書絕夢魂長暗驚玉郎經歲負娉婷教人爭不恨無情

亦選体中句法

獻衷心

繡鴛鴦帳暖画孔雀屏欹人悄悄月明時想昔年歡笑恨今日分離銀釭背銅漏永阻佳期小爐烟細虛閣簾垂幾多心事暗地思惟被嬌娥牽役魂夢如癡金閨裏山枕上始應知

以下三詞頗無雋句但開曲藻濫觴耳昔人謂詩情不似曲情多其流之弊唐人先已作俑

應天長

瑟瑟羅裙金線縷輕透鵞黄香畫袴垂交帶盤鸚鵡裊裊翠翹移玉步　背人勻檀注慢轉橫波偷覷歛黛春情暗許倚屏慵不語

最到換心田地換与他也未必好

訴衷情

香滅簾垂春漏永整鴛衾羅帶重雙鳳縷黃金窗外月光臨沉沉斷腸無處尋負春心

其二

永夜抛人何處去絕來音香閣掩眉斂月將沉爭忍不相尋怨孤衾換我心為你心始知相憶深

荷葉杯又一变法終是作者負題

荷葉盃

春盡小庭花落寂寞凭檻斂雙眉忍教成病憶佳期知摩知知摩知

其二

歌發誰家筵上寥亮別恨正悠悠蘭釭背帳月當樓愁摩愁愁摩愁

其三

弱柳好花盡折晴陌陌上少年郎滿身蘭麝撲人香狂摩狂狂摩狂

其四

記得那時相見，膽顫鬢亂四肢柔，泥人無語不
擡頭，羞摩羞，羞摩羞。

其五

夜久歌聲怨咽，殘月菊冷露微微，看看濕透縷
金衣，歸摩歸，歸摩歸。

其六

我憶君詩最苦，知否，字字盡關心，紅牋爲寄表

情深，吟摩吟，吟摩吟。

其七

金鴨香濃鴛被，枕膩小髻簇花鈿，腰如細柳臉
如蓮，憐摩憐，憐摩憐。

其八

曲砌蝶飛煙暖，春半花發柳垂條，花如雙臉柳
如腰，嬌摩嬌，嬌摩嬌。

其九

要到換心田地換与他也未必好

荷葉杯又一变法終是作者負題

訴衷情

香滅簾垂春漏永整鴛衾羅帶重雙鳳縷黃金窻外月光臨沉沉斷腸無處尋負春心

其二

永夜抛人何處去絕來音香閣掩眉斂月將沉爭忍不相尋怨孤衾換我心為你心始知相憶深

荷葉盃

春盡小庭花落寂寞凭檻斂雙眉忍教成病憶佳期知摩知知摩知

其二

歌發誰家筵上寥亮別恨正悠悠蘭釭背帳月當樓愁摩愁愁摩愁

其三

弱柳好花盡折晴陌陌上少年郎滿身蘭麝撲人香狂摩狂狂摩狂

好形容

其四

記得那時相見，膽顫鬢亂四肢柔泥人無語不擡頭羞摩羞羞摩羞

其五

夜久歌聲怨咽殘月菊冷露微微看看濕透縷金衣歸摩歸歸歸摩歸

其六

我憶君詩最苦知否字字盡關心紅牋爲寄表情深吟摩吟吟吟摩吟

其七

金鴨香濃鴛被枕膩小髻簇花鈿腰如細柳臉如蓮憐摩憐憐憐摩憐

其八

曲砌蝶飛煙煖春半花發柳垂條花如雙臉柳如腰嬌摩嬌嬌嬌摩嬌

其九

手拈裙帶盡淂嬌癡

一去又乖期信春盡滿院長莓苔手拈裙帶獨徘徊來摩來來摩來

漁歌子

曉風清幽沼綠倚欄凝望珍禽浴畫簾垂翠屏曲滿袖荷香馥郁　好攄懷堪寓目身閑心靜平生足酒盃深光影促名利無心較逐

臨江仙

碧染長空池似鏡倚樓閑望凝情滿衣紅藕細

香清象床珍簟山障掩玉琴橫　暗想昔時歡笑事如今羸得愁生博山爐煖淡煙輕蟬吟人靜殘月傍小窗明

其二

幽閨小檻春光晚柳濃花澹鶯稀舊歡思想尚依依翠顰紅斂終日損芳菲　何事狂夫音信斷不如梁燕猶歸畫堂深處麝煙微屏虛枕冷風細雨霏霏

頌酒賡色務裁艷語毋取乎儒冠而胡服也

醉公子即公子醉也其詞意四換又稱四換頭爾後安風漸与題遠

其三

月色穿簾風入竹倚屏雙黛愁時砌花含露兩三枝如啼恨臉魂斷損容儀　香燼暗銷金鴨冷可堪辜負前期繡襦不整鬢鬟欹幾多惆悵情緒在天涯

醉公子

漠漠秋雲澹紅藕香侵檻枕倚小山屏金鋪向晚扃　睡起橫波慢獨望情何限衰柳數聲蟬

魂銷似去年

其二

岸柳垂金線雨晴鶯百囀家住綠楊邊往來多少年　馬嘶芳草遠高樓簾半捲斂袖翠蛾攢相逢爾許難

更漏子

舊歡娛新帳望擁鼻含嚬樓上濃柳翠晚霞微江鷗接翼飛　簾半捲屏斜掩遠岫參差迷眼

歌滿耳酒盈鐏前非不要論

孫光憲

浣溪沙

蓼岸風多橘柚香江邊一望楚天長片帆煙際閃孤光　目送征鴻飛杳杳思隨流水去茫茫蘭紅波碧憶瀟湘

王弇州稱歸來休放燭花紅問君還有幾多愁真是詞手假如此等調亦僅隔一黍耳

其二

桃杏風香簾幕閑謝家門户約花關畫梁幽語燕初還　繡閣數行題了壁曉屏一枕酒醒山却疑身是夢魂間

一本作雙語

其三

花漸凋疎不耐風畫簾垂地晚堂空墮堦縈蘚舞愁紅　膩粉半粘金靨子殘香猶暖繡薰籠蕙心無處與人同

不耐風濕春愁皆集中創

其四

攬鏡無言淚欲流凝情半日懶梳頭一庭疎雨

見之秀句也

濕春愁　楊柳秪知傷怨別杏花應信損嬌羞
淚沾魂斷軫離憂

其五

半踏長裾宛約行晚簾踈處見分明此時堪恨
昧平生　早是魂銷殘燭影更愁聞著品絃聲
杳無消息若爲情

其六

蘭沐初休曲檻前暖風遲日洗頭天濕雲初斂

未梳蟬　翠袂半將遮粉臆寶釵長欲墜香肩
此時模樣不禁憐

其七

風遞殘香出繡簾團窠金鳳舞襜襜落花微雨
恨相兼　何處去來狂太甚空持宿酒睡無猒
爭教人不別猜嫌

其八

輕打銀箏墜燕泥斷絲高罥畫樓西花冠閑上

樂府遺音詞壇叢藁好書不厭百回讀如此数詞亦應爾〻

寫性咏古感慨之下自有無限烟波

午墻啼　粉籜半開新竹徑　紅苞盡落舊桃蹊

不堪終日閑深閨

其九

烏帽斜欹倒佩魚　靜衙偷步訪仙居　隔墻應認

打門初　將見客時微掩斂　得人憐處且生疎

低頭羞問壁邊書

河傳

太平天子　等閑遊戲　疏河千里　柳如絲　隈倚綠

波春水　長淮風不起　如花殿脚三千女　爭雲

雨　何處留人住　錦帆風　煙際紅　燒空　魂迷大業

中

其二

柳拖金縷　著煙籠霧　濛濛落絮　鳳凰舟上楚女

妙舞　雷喧波上鼓　龍爭虎戰分中土　人無主

桃葉江南渡　襞花牋　艷思牽　成篇　宮娥相與傳

其三

公蜀之資州人事荊南氏為從事有文集名北夢瑣言公所著也

花落煙薄謝家池閣寂寞春深翠蛾輕斂意沉吟沾襟無人知此心 玉爐香斷霜灰冷簾鋪影梁燕歸紅杏晚來天空悄然孤眠枕檀雲髻偏

其四

風颭波斂團荷閃閃珠傾露點木蘭舟上何處吳娃越艷藕花紅照臉 大堤狂殺襄陽客煙波隔渺渺湖光白身已歸心不歸斜暉遠汀鸂

鶒飛

菩薩蠻

月華如水籠香砌金環碎撼門初閉寒影墮高簷鈎垂一面簾 碧煙輕裊裊紅顫燈花笑郎此是高唐掩屏秋夢長

其二

花冠頻鼓墻頭翼東方澹白連窗色門外早鶯聲背樓殘月明 薄寒籠醉態依舊鉛華在握

老字擡字曉字俱下得妙三詞本佳而得此三字更覺生色

手送人歸半拖金縷衣

其三

小庭花落無人掃踈香滿地東風老春晚信沉沉天涯何處尋　曉堂屏六扇眉共湘山遠爭奈別離心近來尤不禁

其四

青嶂碧洞經朝雨隔花相喚南溪去一隻木蘭船波平遠浸天　扣舷驚翡翠嫩玉擡香臂紅

原題本旨直書祠廟中事自無借撥空影習氣

日欲沉西煙中遙解攜

其五

木綿花映叢祠小越禽聲裏春光曉銅鼓與蠻歌南人祈賽多　客帆風正急茜袖偎墻立極浦幾迴頭煙波無限愁

河瀆神

汾水碧依依黃雲落葉初飛翠華一去不言歸廟門空掩斜暉　四壁陰森排古畫依舊瓊輪

益州方物圖贊虞作娛集中諸詞都不及虞姬事想以此故

羽駕小殿沉沉清夜銀燈飄落香灺

其三

江上草芊芊春晚湘妃廟前一方卵色楚南天數行征雁聯翩　獨倚朱欄情不極魂斷終朝相憶兩將不知消息遠汀時起鸂鶒

虞美人

紅窻寂寂無人語暗澹梨花雨繡羅紋地粉新描博山香炷旋抽條暗魂銷　天涯一去無消息終日長相憶教人相憶幾時休不堪悵觸別離愁淚還流

其二

好風微揭簾旌起金翼鸞相倚翠簷愁聽乳禽聲此時春態暗關情獨難平　画堂流水空相翳一穗香遙曳教人無處寄相思落花芳草過前期沒人知

後庭花

輕颸一作鮮颸

景陽鐘動宮鶯囀露涼金殿輕颸吹起瓊花旋
玉葉如剪　晚來高閣上珠簾捲見墜香千片
修蛾曼臉陪雕輦後庭新宴

其二

石城依舊空江國故宮春色七尺青絲芳艸綠
絕世難得　玉英凋落盡更何人識野棠如織
只是教人添怨憶悵望無極

生查子

寂寞掩朱門正是天將暮暗澹小庭中滴滴梧
桐雨　繡工夫牽心緒配盡鴛鴦縷待得沒人
時偎倚論私語

其二

暖日策花驄嚲鞚垂楊陌芳艸惹烟青落絮隨
風白　誰家繡轂動香塵隱映神仙客狂殺玉
鞭郎咫尺音容隔

其三

六朝風華而稍參差之即是詞也唐詞間出選詩體去古猶未遠嘆

金井墮高梧玉殿籠斜月永巷寂無人斂態愁堪絕　玉爐寒香燼滅還似君恩歇翠輦不歸來幽恨將誰說

臨江仙

霜拍井梧乾葉墮翠幃雕檻初寒薄鉛殘黛稱花冠含情無語延佇倚欄干　杳杳征輪何處去離愁別恨千般不堪心緒正多端鏡奩長掩無意對孤鸞

三疊文之出塞曲而長短句之弔古戰場文也在讀

其二

暮雨淒淒深院閉燈前凝坐初更玉釵低壓鬢雲橫半垂羅幕相映燭光明　終是有心投漢珮低頭但理秦箏燕雙鸞偶不勝情只愁明發將逐楚雲行

酒泉子

空磧無邊萬里陽關道路馬蕭蕭人去去隴雲愁　香貂舊制戎衣窄胡霜千里白綺羅心魂

不禁酸鼻

夢隔上高樓

其二

曲檻小樓正是鶯花二月思無憀愁欲絕鬱離襟　展屏空對瀟湘水眼前千萬里淚掩紅眉斂翠恨沉沉

其三

斂態窗前裊裊雀釵拋頸燕成雙鸞對影耦新知　玉纖淡拂眉山小鏡中嗔共照翠連娟紅

縹緲早粧時

清平樂

愁腸欲斷正是青春半連理分枝鸞失伴又是一場離散　掩鏡無語眉低思隨芳草萋萋憑仗東風吹夢與郎終日東西

其二

等閑無語春恨如何去終是疎狂留不住花暗柳濃何處　盡日目斷魂飛晚窗斜界殘暉長

俳佪而不忘思婉戀而不激憤詞中之有風雅者

到得情深江海自不至腸斷西東其不然者命也歟

也人非木石那得無情世間負心人直木石之不若耶

恨朱門薄暮繡鞍驄馬空歸

更漏子

聽寒更聞遠雁半夜蕭娘深院扃繡戶下珠簾

滿庭噴玉蟾 人語靜香閨冷紅幕半垂青影

雲雨態蕙蘭心此情江海深

其二

今夜期來日別相對祗堪愁絕偎粉面撚瑤簪

無言淚滿襟 銀箭落霜華薄墻外曉鷄咿喔

聽付囑惡情悰斷腸西復東

花間集卷三音釋

南鄉子

槿音錦 桄音光 榔音郎 蛟音交皮有文 繾音遣

綣音卷 瘦音叟 趖音梭去聲走貌 裛音邑

小重山

篁音皇竹也 熳爛丨也 墀音遲丹丨 膀音榜胛也

菩薩蠻

莎音梭 鷓音毡鴣屬 臍音齊 舷音弦 茜音蒨可以染緋

臨江仙

縠音忽 碾音儼水輾磨也 顰音頻丨從不樂之貌

山花子

馥音覆

天仙子

拈音年 蔌音速菜名 篆音撰丨書

春光好

軃音朶 彎音彎弓也

花間集卷三音釋

南鄉子

檣音牆　桄音光　榔音郎　蛺音夾　[illegible]

[illegible]

小重山

篁[illegible]

菩薩蠻

荔[illegible]

臨江仙

[illegible]

山花子

[illegible]

天仙子

[illegible]

春光好

[illegible]

採桑子

蝤音囚水中虫也 蠐音齊蝤虫 丨 樗音樞 訶音呵怒也 飜音番

複也 拽音係

漁父

羃音密

河傳

詆音底 颺音陽風飄也 艤音以整舟向岸 憀音遼丨賴也

玉樓春

顫音戰頭不正也 蛩音窮

酒泉子

奩音連盛香器也 窄音則

應天長

袴音庫 覷音趣見也

浣溪沙

踏音奪 罥音絹挂也 籜音托竹殼也

河瀆神

河瀆神

踏音沓　罥音絹挂也　籜音托竹殼也

浣溪沙

袴音庫　[illegible]音尼[illegible]也

應天長

奩音廉香器也　窄音則

酒泉子

顫音戰不正也　[illegible]音[illegible]

玉樓春

[illegible]音底　颭音[illegible]風[illegible]也　[illegible]音[illegible]　[illegible]音[illegible]

河傳

[illegible]音[illegible]

漁父

[illegible]音[illegible]

[illegible]音中[illegible]　[illegible]音[illegible]　[illegible]音[illegible]　[illegible]音[illegible]

採桑子

炧音謝燭光也 芊音千草盛貌 閃音陝

生查子

嚲音躲垂下貌 鞚音控馬勒 轂音谷車輪也

更漏子

咿音衣強笑 喔音惡雞鳴也